LA MORT SEUL À SEUL

Péter Nádas

LA MORT SEUL À SEUL

Traduit du hongrois
par Marc Martin

LES ÉDITIONS NOIR SUR BLANC

Titre original : *Saját halál*

First published by Steidl Druckerei & Verlag

Ce texte a paru une première fois en 2004, illustré de photographies de l'auteur, aux éditions l'Esprit des Péninsules

ISBN : 978-2-88250-890-4

Tout clochait depuis le réveil, je m'en rendais bien compte, mais comme j'avais beaucoup à faire en ville, je me mis en route. En quelques jours, sans transition, le temps venait de virer au beau fixe, de basculer dans l'été.

Quelle journée magnifique, tentai-je de me convaincre, mais mon corps, lui, ne l'entendait pas de cette oreille. Dès que possible, je changeais de trottoir pour marcher à l'ombre.

Lors des brusques changements de température, des sirènes d'ambulances retentissent dans toutes les grandes villes. À peine l'une se perd-elle, stridente, dans le flot du trafic, qu'une autre au loin s'approche aussitôt.

Je ne comprenais pas ce qui se passait.

Plus tard, je me retrouvai avec une jeune femme, debout à la terrasse du Gerbeaud, où toutes les places à l'ombre des parasols blancs étaient prises. Les platanes de la place, en cette vague de chaleur précoce, ne déployaient pas encore leur feuillage.

Qu'il ne fallait pas m'asseoir sous ce torrent de lumière crue, zénithale, cela, je m'en doutais du moins. Mais dans les espaces intérieurs du salon de thé, la tabagie n'aurait guère mieux valu. Et puis la jeune femme souhaitait coûte que coûte une place au soleil. Comment d'ailleurs aurais-je pu lui dire que je n'allais me sentir bien nulle part, avec personne. Plein de détachement, j'observais ses minauderies, sa peau laiteuse que le soleil éclatant irradiait jusqu'au moindre pore. Bien sûr, je n'en jouais pas moins mon propre rôle dans la vie, celui d'un homme attentif, compréhensif, sauf qu'ainsi exposé en plein soleil je me sentais de plus en plus chose. Comme incapable de présence à part entière, comme en proie à une dérive incontrôlable.

Une déclaration, rédigée par elle en mon nom, n'attendait plus que ma signature. Longtemps, la feuille traîna sur la table de marbre, entre les reliefs d'une pâtisserie et une eau minérale. Pour ne rien perdre des plaisirs du bronzage, pas même une miette, elle gardait les yeux clos, lancée dans ses explications.

Elle m'offrait en spectacle les soubresauts impudiques de ses paupières au fard bleu.

Je dus filer, car j'avais rendez-vous chez le dentiste.

Tandis qu'il s'affairait dans ma bouche, je me mis à suer. Je n'épongeai tout d'abord que mon front, mais cela suffit pour l'interrompre dans sa besogne. Avant que, avec roulette et miroir, il ne reparte à l'assaut de ma bouche que j'ouvrais, plus béante encore, pour le laisser me recoincer la langue de côté, il me dit d'ouvrir plus grand. Au lieu de quoi je dus encore m'éponger le front, puis même le cou, la nuque, mais lui, alors, réitéra son ordre d'un ton plus sévère. Ça devait pourtant se voir, je n'y arrivais pas. Malgré tous mes efforts, crispé de tout mon corps sur le skaï blanc du fauteuil de dentiste, serviette au cou. Avec la sueur par en dessous, la sueur qui imbibait ma chemise, mon pantalon, qui me ruisselait le long des jambes. Je vis même poindre, sur sa lèvre supérieure, la moiteur d'une irritation à peine contenue.

Et ça n'en finissait pas.

Épongez-le, ordonna-t-il à son assistante, une femme âgée au regard effaré.

Pas que le front, voyons, s'emporta-t-il. Puisque je vous dis pas que le front.

Je devais avoir l'air pitoyable, une fois à bas du fauteuil. En pareil cas, on adresse aux gens un regard poli, sans biaiser, les yeux dans les yeux. Or je me mis à les fuir, à littéralement les fuir, loin du cabinet. La cage d'escalier m'allait mieux, silencieuse, glaciale. Dans l'encadrement de la porte ouverte du couloir de ce cinquième étage, j'attendis que ma chemise de soie gris cendre sèche un peu sur ma peau.

Les chiens hurleurs de l'enfer voudraient me voir tenir ma langue, n'en pas souffler mot.

Hormis mon café du matin et l'eau minérale absorbée au salon de thé, j'avais l'estomac vide, et pourtant la nausée. Peut-être une intoxication à la nicotine, pensai-je. Autant l'avouer sans trop en dire peut-être. Au cours des semaines passées, je n'avais que trop fumé, si peu que cela fût.

Déposer quelques livres à la réception d'un hôtel non loin. Passer prendre les épreuves à rapporter corrigées pour demain matin. Debout dans le tramway, je les parcourais d'une main, m'agrippant de l'autre.

Ils aboient et hurlent pour m'empêcher d'accéder aux phrases adéquates.

L'après-midi du mercredi battait déjà son plein lorsque, au sortir d'un autre tramway, l'idée me vint d'annuler par téléphone la suite de mes rendez-vous. J'avais certes traversé la chaussée sans grand mal, mais une fois sur le trottoir, en pleine débauche de lumière, rien à faire, pas moyen. On aurait dit que mes genoux et mes chevilles se dérobaient sous moi, trop lâches pour me porter.

Des processus à l'œuvre dans notre propre organisme, on n'a même pas idée. Pourquoi cette impuissance à marcher, sans m'évanouir pour autant, je n'y comprenais rien. On se doute bien qu'il y a plus d'une raison à cela. Mieux vaut donc feindre que tout suit son cours normal. Dans le sillage des modèles de notre éducation, on dénie passionnément la réalité de son propre état. À choisir parmi les raisons possibles, on chipote. Tout est trop embrouillé. J'ai chaud et je sue, voilà mon problème. On ne peut démêler les imbroglios du monde extérieur, encore moins ceux de son for intérieur. Il y a des raisons si pénibles que, même dans le secret de soi, on n'ose s'en faire l'aveu, moyennant quoi ces causes nous semblent tout aussi insondables que les conséquences qui en découlent. Ces temps derniers j'ai trop travaillé, dit-on, je suis nerveux, dit-on, à bout de forces. Ou bien, songe-t-on, si je sue, n'est-ce pas une fois de plus que tout au monde et tout le monde me dégoûtent. On se réfugie derrière des mots, des formules dont d'autres aussi usent et abusent, toujours la même rengaine.

Sans la mémoire de l’esprit, on ne comprend rien au corps.

Je fis halte devant l'hôtel Gellért, car pour suivre la très légère pente du trottoir, aussi drôle que cela puisse paraître, la force physique me manquait.

On se réjouit, bien sûr, quelles surprises équivoques le corps ne réserve-t-il pas, de quoi s'émerveiller, s'admirer, et que d'émotions ne sait-il ménager jusqu'au dernier souffle de vie. Mais la douleur prenait une ampleur inconnue. Aussi espérais-je de tout cœur ne pas m'écrouler de surprise en pleine rue. J'ai même songé que ce malaise me venait, qui sait, de la faim.

Si j'entre dans la brasserie, je meurs asphyxié.

Au restaurant à l'étage, la facture est certes plus salée, mais l'air nettement moins enfumé. Sauf qu'il y a un escalier à gravir.

La joie que ressent l'esprit face aux crises du corps se heurte finalement aux limites que lui assigne l'intensité de la douleur. J'appréciais mes chances, mes recours possibles pour maîtriser la douleur, afin de m'en tirer à bon compte, sans même le désagrément d'attirer l'attention. Dans le sillage immédiat de la douleur, une peur d'ampleur inconnue roulait toutefois ses flots ténébreux. Elle affluait, irrésistible, comme le brouillard en hiver. Ça ne passera pas, susurrait-elle, tu ne t'en tireras pas, ne compte pas y couper.

Pris de curiosité, je plongeai mon regard dans ses yeux vitreux, et je vis tout net qu'elle était la peur même du corps, pas la mienne, pas celle de l'esprit, et qu'elle était donc la peur de mourir. De quoi voir du moins la différence à l'œuvre entre facultés de mon moi et facultés de mon corps.

À cinquante et un ans, j'aurais pu me prétendre au zénith de mes facultés intellectuelles et physiques, si du moins je ne venais, à l'instant même, d'en déchoir d'un coup.

Pas un jour ne passait que je ne songe à ma mort violente, par meurtre ou suicide, mais, sauf de très rares fois, l'idée de mourir malade ne m'effleurait même pas, tant je vivais dans l'illusion si commune que l'angoisse, loin d'être une mise en garde du corps, se résume à une chimère de l'esprit qu'on n'a qu'à mater.

Une fois fini mon ouvrage quotidien, je travaillais régulièrement de mes deux mains, à sarcler, à bêcher, à faucher. Des biens du monde, je ne voulais pas consommer davantage que ce que je cultivais avec ménagement. Je ne crois pas que mon poids dépassait de plus de deux cents grammes la moyenne requise. Des graisses animales, de la viande, j'en mangeais à peine, consommant plutôt des légumes, des fruits, des graines en tout genre. Je ne voulais pas immodérément charger la terre du poids de ma présence. Je fumais trop, c'est vrai, et pendant mon travail quotidien, je buvais force cafés l'estomac vide. Soit la névrose détermine finalement l'ampleur du renoncement, soit l'ampleur de l'angoisse assigne ses limites à la maîtrise de soi. Je fendais du bois de chauffage, je maçonnais, je plantais une forêt, et tous les travaux lourds que requiert, à la campagne, l'entretien d'une maison conçue pour l'autosuffisance, je les accomplissais.

Au moins quatre fois par semaine, je faisais du jogging. Si possible, je nageais. Je courais dans les environs, au gré des fortes pentes du chemin, de vallons en villages. Je courais sous les giboulées de printemps ou les flocons de neige, au beau milieu d'odoriférantes forêts dans la sécheresse de l'été, je courais parmi les merisiers en fleur, par des nuits froides de pleine lune. Mon parcours le plus court s'étendait sur huit kilomètres et le plus long sur vingt et un, peut-être. Même la tête froide, je ne pouvais concevoir comment une pente de rien du tout, imperceptible même à un vieillard, pouvait diable m'arrêter.

Au bout d'un certain temps, ça se calma un peu, je pus marcher.

Je ne courais pas seulement en terrain connu, mais tous azimuts. En même temps que de bouffées d'air, je me gorgeais de villes, de paysages inconnus. Quand, pour courir, on ne se sert pas de ses pieds, mais tel Lovelock, de sa tête, alors le rythme de la respiration permet de réguler la nature et l'intensité du travail musculaire requis. La respiration régulière fixe les paysages dans la mémoire du coureur. Et si son attention se répartit équitablement entre la ligne d'horizon et la distance de trois foulées qui le sépare de son corps, il en vient, après un certain temps, à ne plus devoir se soucier des conditions de sa corporéité. Le paysage l'emporte en force sur la sensation physique. J'ai couru en Hollande, à travers des champs d'asperges, déserts gris sable puant le pesticide. J'ai couru en France, au gré de chemins creux détrempés, envahis d'herbes folles. Dans mes parcours, passer impunément les frontières des États me procurait la plus élémentaire des joies.

Je n'aurais eu que mon corps fumant, mon halètement pour décliner mon identité.

Ça, c'est bien moi, oui.

À la brasserie, je commandai d'emblée une eau minérale. Tout en feignant d'examiner la carte à mon aise, j'allumai une cigarette. Je demandai aussi un verre de vin.

Il n'y eut qu'une bouffée profonde, et puis un long silence gris cendre. Seul à seul avec elle, qu'on nomme suffocation, je n'avais plus qu'à écraser le mégot, repousser loin de moi le cendrier puant, et puis plus rien, plus rien.

Les couverts cliquettent, les gens des tables voisines bavardent avec entrain, un garçon jeune et corpulent passe à pas rebondis devant toi, une tasse de bouillon à la main.

Brûlante, une tasse de bouillon se retrouve sur la table.

Tu ne comprends pas ce qui se passe, tu n'as jamais rien vécu de tel, pourtant tu sais sans l'ombre d'un doute qu'on nomme cela sueur de l'agonie. Il fait un froid glacial à la surface de la fièvre qui te brûle. Et comme tu vois qu'autour de toi rien n'a changé, tu discernes, entre ta propre perception et celle des autres, un décalage bien plus grand que d'habitude, que plausible.

Je suis pris d'une sensation qui m'atteint moi, pas les autres.

Tôt ce matin, j'étais déjà très loin d'eux, mais m'en voilà maintenant, c'est à croire, bien plus loin encore.

Eux ne brûlent pas de fièvre sous une gangue de glace.

Vraiment, jamais je n'aurais pensé avoir à ce point partie liée avec de parfaits inconnus, mais en proie à la peur de mourir, je décelais à présent, les yeux ronds, qu'à force de nous conformer les uns aux autres pas un instant de la vie ne passe qu'on n'évalue sa propre situation par celle d'autrui, ni qu'on ne vérifie celle d'autrui par la sienne propre.

Je restai là longtemps, assis sans un geste à la table nappée de blanc de la brasserie, face au bouillon brûlant.

Je ne perdais pas mon calme, car ma conscience me permettait de suivre la manière dont la peur de mourir s'emparait de moi, jusqu'à la pointe des cheveux. Mais j'aurais certes apprécié qu'on vole à mon secours. Quelqu'un, n'importe qui. Où y a-t-il quelqu'un ? Palpitante, cinglante, la douleur qui me tenaillait l'épaule droite et la face interne de l'omoplate me fascinait tellement que je n'aurais pu la décrire, ou si peu. Cette douleur dont on dit qu'elle vous vrille les os. Elle n'irradiait pas de l'intérieur des os, mais s'y logeait, s'y concentrait. Venue de je ne sais quels tréfonds du corps par de sombres chemins détournés, elle n'atteignait la fine innervation d'aucun organe.

Comme pour ne s'attaquer qu'aux points névralgiques du périoste, l'enveloppe sensible des os.

Il se passait en fait qu'à cause d'occlusions et de spasmes en divers points de l'arborescence coronarienne le sang circulait par à-coups.

Et pour ne pas gémir, ne pas geindre, je tâchais d'ajuster mon attention à la réalité sans douleur que partageaient les autres.

S'insinuant par les portes et les fenêtres ouvertes, un courant d'air léger ondulait, gonflait et soulevait les grands rideaux blancs. Dans la brasserie, il n'y avait pas foule. Quand je regardais les gens, je pouvais endurer décemment la douleur du corps, la peur du corps. Le maître d'hôtel s'était campé dans les ondulations des rideaux blancs. À sa manière, lui aussi observait, avait à l'œil son petit monde. Il aurait dû se demander pourquoi je ne touchais pas au bouillon. Mais il se détourna plutôt.

Même l'eau ne peut s'avaler si l'on manque d'air. Ça ne passait pas, car le pétillement du gaz carbonique me bloquait la gorge. Le bouillon de poule me répugnait, avec ses relents de charogne, sa puanteur de plumes bouillies. Je sais aujourd'hui que le vin seul me porta secours.

Il empestait le bouchon, la barrique, en fait j'aurais dû le cracher, le renvoyer, mais je pus en absorber davantage que d'eau, que de bouillon. Bientôt, les coronaires rétrécies s'en trouvèrent dilatées, et le myocarde se remit à s'oxygéner un peu.

Le temps que refroidisse le bouillon excessivement brûlant, je disposai les épreuves sur la table pour m'attaquer aux corrections et ne prêter aucune attention à la sueur de l'agonie, à ma douleur, à mon dégoût. Mais mes yeux, ou qui sait mes lunettes, me refusèrent leur service. Je ne pouvais relier ou distinguer ni lettres ni lignes, qui surgissaient et s'évanouissaient comme autant de sombres taches d'éblouissement, sans que rien n'y fasse, sursaut de volonté ou essuyage maniaque des lunettes.

Je restais assis là, face à l'échec glacial de mon éducation.

Un peu plus tard, je parvins néanmoins à ne pas démordre d'une deuxième décision, me lever, me lever sans attirer l'attention et, d'une démarche sûre, aller aux toilettes pour regarder dans la glace. Quitte à souffrir, je voulais voir ça de plus près. Même si, tout compte fait, je vis surtout quelqu'un se regarder dans la glace. Glace où me stupéfiait moins le face-à-face d'individus auxquels je ne parvenais pas à m'identifier, que leur visage cireux au teint gris cendre. Je jetai même un coup d'œil au plafond pour vérifier si c'était la lumière des néons qui me les donnaient à voir de la sorte. La vision ne corroborait pas l'impression et *vice-versa*, l'impression physique ne concordait pas avec la vision, dans la lumière d'ailleurs assez banale pour ne rien expliquer. Ces distorsions me donnaient le vertige. Sur ce faciès cireux au teint gris cendre, on ne décelait pas le moindre indice de sueur. Je n'étais pas moi-même, alors que personne d'autre ne pouvait m'apparaître, en principe, dans le reflet du miroir.

Ne pas ressentir que, dans ce lieu clos, l'air circulait moins que dans la salle aux portes et aux fenêtres grandes ouvertes, cela aussi me surprenait beaucoup.

Comme on aurait le nez qui se bouche irrévocablement, sans pouvoir non plus respirer par la bouche.

J'ouvris le robinet pour me moucher à fond et me rincer le visage à la hâte, impatient que mes sensations se remettent à l'unisson de ce que je voyais. Or je vis dans le miroir un visage maintenant mouillé. Visage mouillé où je reconnus même mes propres traits, mais comme à cent lieues de mes impressions.

Il n’y avait pas d’air.

Je parvins malgré tout à revenir sans encombre à ma table. Si le courant d'air gonfle et balance les rideaux, pensais-je comme ça, il faut alors que j'aie un peu d'air, il doit bien s'en trouver quelque part. Le problème n'était pas que j'étais privé d'air faute de pouvoir respirer. Je respirais. Peut-être n'entrait-il pas avec l'air tout l'oxygène qu'auraient nécessité les mouvements accomplis. Là encore, j'ai manqué de mesure, songeai-je, ou bien alors quelque chose d'exceptionnel se produit dans l'univers. Je me savais pourtant résolu à ignorer mes sensations, quitte à manquer de mesure, là encore. En proie à cette pensée, le regard perdu dans l'invisible masse aérienne, il m'est apparu clairement que, faute d'air, je ne pourrais pas non plus déglutir les têtes de champignon panées.

Absorbé par le battement des rideaux blancs, le maître d'hôtel se dressait toujours là, sur fond de lambris étincelants comme un miroir. À quoi bon perdre plus de temps. Sans mal aucun, je levai le bras pour faire signe.

L'air manquait tant d'air qu'attendre qu'on vienne ne rimait à rien. Puis-je encore me dresser sur mes jambes, voyons voir. Sans mal aucun, je me levai de table et, journaux, pages d'épreuve, lunettes, stylo, je rangeai mes affaires. Avec si peu d'oxygène, claquemuré dans cette carapace de sueur froide, je me demandais si j'arriverais à rejoindre le maître d'hôtel, si j'aurais encore le temps de payer, de sortir dans la rue. À l'air libre. Sans autre forme de procès, j'allai droit à lui, l'addition s'il vous plaît, dis-je, j'aimerais sortir au plus vite, et d'expliquer avec tact que je ne me sentais pas dans mon assiette. Un éclair de panique embrasa son regard, car, soudain, il avait compris ce qu'il avait vu sur mon visage, dans mon manège.

Je n'allais quand même pas tourner de l'œil ici, s'affola-t-il, pour passer l'arme à gauche je n'avais qu'à aller dehors, dans la rue. Défiance et terreur accaparaient tous les traits de son visage. L'addition, il l'aurait déjà faite, si du moins sa main, dans son affolement, ne s'embrouillait dans les colonnes de chiffres.

Dehors non plus, je n'avais pas d'air, mais la joie me donnait des ailes, la joie d'être dehors, en pleine rue, enfin débarrassé des autres. Alors que j'avais toujours tout fait en fonction d'eux. Dans les dix premières années de l'enfance, on se voit contraint peu à peu, suite aux privations d'affection et aux refus de soins, à ne plus importuner son monde avec les sensations de notre propre vie organique. J'avais rempli toutes mes obligations, le théâtre était total, et total, mon sentiment de succès. La joie que j'en tirais rendait d'autant plus sensible l'énormité de la distance qui séparait alors mes sensations physiques de ma conscience de la réalité.

Hors de moi, j'allais en joie.

Je ne pus qu'à grand-peine atteindre l'autre côté de la rue Tárnok.

Il n'y a pas d'air où prendre ta respiration, alors que le monde regorge d'air, à vue d'œil. Le trajet m'éprouva tellement que, enfin parvenu sur le trottoir d'en face, je dus, pour continuer ma route, m'adosser, puis prendre appui aux murs des maisons.

Mais je devais en fait me frayer un chemin dans un magma gris plomb, fournaise que n'apaisait en rien la froideur glaciale de mon corps.

Dans le vacarme du trafic, je réussis à gagner l'autre côté de la place, puis à grimper dans un affreux taxi jaune. Ça puait la sueur rance, la barbe de trois jours, le vieux mégot, et les ressorts du siège, à deux doigts de rompre, menaçaient de vous embrocher. Je réussis à baisser la vitre. La manivelle me resta dans la main, mais je réussis à la remboîter. Je n'avais certes pas plus d'air, mais le fort courant d'air me rafraîchissait le visage, le cou et, sous la chemise entrouverte, la poitrine. L'estomac retourné, je réussis jusqu'au bout à me retenir de vomir. Le chauffeur de taxi roulait à toute allure dans le trafic très dense de l'après-midi. Je souhaitais seulement qu'il accélère encore pour être à la maison plus vite. Ou qu'on fonce dans quelque chose, qu'il y ait un grand choc, et puis le noir complet.

En payant, je me sentis comme quelqu'un qui, là encore, s'en tire à bon compte.

Je ménageai chacun de mes gestes, il ne se douta de rien, là encore, je réussis.

Je réussis à traverser la cour, à saluer la voisine en sorte qu'elle ne souhaite pas m'adresser la parole, je réussis, bien qu'à grand-peine, à gravir les marches, puis à trouver les bonnes clés.

Dans l'appartement silencieux surchauffé de soleil, quoi qu'il arrive, je me sentirai à l'abri. Une bonne cachette importe plus que l'air même. Être loin de tout, de tous. Nul ne se déconsidère au point d'assumer son propre égoïsme, autant dire sa bestialité. Je ne pensais à strictement personne. Il n'y avait pas d'air. Je ne pensais même pas qu'il aurait fallu que je songe à quelqu'un ou qu'il y eût un être au monde auquel je ne pensais pas. À l'heure de mourir, on se retrouve seul, vraiment seul, mais l'on subit par là moins une perte qu'un profit.

Une force phénoménale me distendait le sternum, m'écartelait les omoplates, comme si j'avais souhaité, après tant d'années d'une vie passée dans la peau d'un banal mortel, me laisser pousser les ailes. Avant de mourir, par égard pour autrui, je voulus néanmoins me laver de la sueur de l'agonie. J'y réussis, là encore. Autrui, les autres en général remplaçaient celles et ceux qui portent pour moi un nom. La douleur n'avait pas faibli, l'articulation de l'épaule me faisait mal, très mal, mais la douche m'avait revigoré. Peut-être aurai-je encore le temps de corriger les épreuves. Qui sait pourquoi, cette correction m'importait au plus haut point, que cela au moins soit accompli, quand je ne serai plus. Je passai des sous-vêtements propres pour ceux qui me trouveraient.

Mais de l'air, je n'en trouvai nulle part dans l'appartement.

Je m'étendis sur le divan, clairement conscient que mes atermoiements tiraient à leur fin. L'air se faisait plus rare encore sur le velours chaud. On ne pouvait s'en satisfaire qu'au prix d'une immobilité parfaite.

Avant de céder au sommeil, je songeai encore qu'à mon réveil tout serait rentré dans l'ordre et qu'alors je corrigerais méthodiquement les épreuves. Si le manque d'air ne m'avait arraché, implacable, à ma somnolence, je me serais endormi avec cette pensée en tête. Il était impossible de ménager les fonctions vitales au point que si peu d'air suffise. Je n'aurais rien objecté à une crise cardiaque foudroyante, mais nul doute que, sans assistance médicale, je ne pourrais pas endurer bien longtemps encore la douleur constante, la suffocation croissante.

Et voilà, me dis-je, comme on achèverait une comédie cousue de fil blanc.

Force me fut de constater qu'une sieste l'après-midi n'arrangeait rien à l'infarctus. Pour autant, je ne la bâclai pas, n'ayant pas peur de la mort, que seul mon corps craignait, mais de l'insupportable degré de douleur, de suffocation. Les canaux de ma perception sensorielle s'abouchent à l'espace où devrait officier ma conscience. La conscience à son tour ne peut plus raisonner, en proie à tant de douleur. Ainsi, je caressais l'espoir secret que, si jamais je résistais encore un peu, le sort m'accorderait malgré tout une mort rapide. Et me dispenserait de tout le cirque, le tintouin. Avec lenteur, je me levai du divan et réussis, dans cette grande pièce vide, à gagner la fenêtre. Je l'ouvris. Mon double, qui veillait au corps à ma place, aurait encore voulu mener deux expériences pour s'assurer de son diagnostic. Effectivement, il n'y avait pas plus d'air du fait d'avoir ouvert la fenêtre, mais moins. En proportion de l'énergie que m'avait coûté l'effort fourni.

Le problème ne se posait pas d'une quelconque difficulté à respirer plus vite ou plus profondément selon les besoins, tout cela, j'y arrivais.

J'entendais mon propre souffle siffler, court et rauque.

L'air manquait d'air, ainsi se posait mon problème. La quantité d'air ne variait pas, et cette constance, ma conscience ne savait qu'en faire. L'air qu'il y avait ne suffisait pas au maintien des fonctions vitales. Ce qui ne clarifiait guère la situation. Plus l'appareil respiratoire s'acharnait, plus le cœur s'emballait, et moins j'avais d'air. Cette expérience s'avérait nouvelle, comme une vraie découverte. Je regardais les gens passer dans la rue. Eux trouvaient dans l'air assez d'air. Ils ne s'avisaient même pas d'en avoir la quantité nécessaire aux besoins de leurs déambulations.

Mon double, dans cette affaire délicate, voulut en avoir le cœur net.

Dans la boîte à pharmacie jaune, tu trouveras quelques cachets jaunis au fond d'un flacon. La peur de mourir, ouvrant une brèche, venait de m'en livrer le souvenir. Si ça ne fait pas effet, inutile de voir un médecin. On ne saurait dire que les objets, les phénomènes et les gens s'étaient dépouillés à mes yeux de leur réalité. Je dénichai les cachets et, conformément à la notice, m'en glissai un sous la langue. La double vue, contractée par obligation pour ainsi dire professionnelle, troublait si souvent mon sens de la réalité que, même face à mes propres perceptions, je devais rester sur mes gardes. À la base de la langue court une veine, dite *vena sublingualis,* dont les parois laissent facilement s'infiltrer, à cet endroit précis, la nitroglycérine vasodilatatrice. Le cachet à peine fondu, son effet dissipa tous mes doutes. La suffocation faiblissait, à fleur de fièvre ne sévissait plus tant ce froid mordant.

Mes douleurs, elles, s'estompaient à peine.

L'heure aussi me stupéfia, quand je la consultai, car à en croire les aiguilles qui marquaient dix-neuf heures dix, j'avais dormi une heure entière.

J'aurais pu prendre mon pouls, redevenu mesurable, mais je préférai ne pas savoir.

Tant que l'air ne manque pas à ma douleur, je ne perds pas ma lucidité, peut-être pourrai-je atteindre l'autre côté de la rue, où le médecin de quartier donne des consultations jusqu'à vingt heures.

Et une page peut ici se tourner.

Déjà, dans l'ambulance qui m'emportait, toutes sirènes dehors, à l'hôpital Saint-Jean, on m'avait mis sous perfusion.

En injectant telles ou telles substances par perfusion, on tente de réduire la douleur, de dissiper la peur, de remédier aux occlusions que les caillots et les spasmes occasionnent çà et là dans le réseau coronarien. C'est vraiment chic de la part de ces braves médecins. Même s'il arrive qu'on ne puisse établir lequel des deux provoque alors la mort, l'infarctus ou le traitement qu'ils vous administrent.

Ce qui est indifférent du point de vue de la mort, mais l'est bien moins par rapport à l'éthique des vivants.

Place de Moscou, on fut pris dans la circulation, ça bouchonnait, il n'y avait vraiment rien de rassurant à entendre, de l'intérieur du véhicule, qu'au beau milieu de cet embouteillage monstre la sirène hurlait désespérément à cause de moi. J'avais l'impression, avec cette sirène, qu'on en faisait trop, trop pour rien.

Tant que j'ai la tête aussi claire, ça ne peut pas être bien grave.

Quand le sang ne circule pas dans les coronaires, l'oxygène n'alimente plus assez le myocarde. Une très jeune secouriste m'accompagnait, elle parlait d'elle, se lançait dans des explications, mais comme surtout désireuse de garder le contact avec moi. Un médecin ne peut assister les bras croisés à la nécrose d'un myocarde. Lequel doit battre quarante mille fois par jour, quarante mille fois se contracter, se dilater, et toi tu vaques à tes affaires sans savoir ce qui se passe dans ton propre organisme. Elle voulait m'amadouer pour éviter que j'angoisse. Même s'il ne lui échappait pas à quel point j'étais calme, dangereusement calme. Les autres vont normalement leur chemin, et toi, au beau milieu, tu te traînes. Un changement tel advient qu'on n'a guère le loisir de s'en émouvoir. Une parfaite inconnue te dit ce qui se passe sous tes côtes, toi tu n'en sais rien.

Bien heureusement, personne ne remarqua rien. Ou bien, on fit semblant de ne rien remarquer pour ne pas avoir à m'aider. La charité ne se commande pas à toute heure, pour le premier venu. L'existence parmi les autres a quelque chose d'assez stupéfiant.

Pour l'essentiel, ma relation aux autres était rompue.

La perception sensorielle spontanée n'agit sur la conscience que tant qu'on est en mesure de comparer sa situation à celle d'autrui et de l'archiver une fois interprétée. Des gens me croisaient en tout cas. Ma conscience s'était mise en veilleuse dans la nuit noire de mon malaise, d'où ma difficulté, aujourd'hui encore, à me souvenir comment diable je pus me traîner jusqu'au cabinet médical.

Plus il fallait fournir d'efforts, plus la ténèbre m'engouffrait, dès que je m'arrêtais, la clarté se remettait à poindre. Je voyais le crépuscule empourprer, poudreux et chaud, ma ville natale. La conscience dispose de son propre système d'autodéfense, elle doit gérer avec mesure le peu qu'il lui reste de force. En situation critique, le corps n'accable pas l'esprit de panique et la peur de mourir, qui tout à l'heure encore, signalait au corps le danger encouru, cesse tout compte fait d'opérer.

Raser les murs, y prendre appui à tâtons n'avait rien d'incongru. La ténèbre épaisse opposait une résistance si massive que je n'aurais pu y garder le cap autrement. Du reste, même ainsi, atteindre au but se révéla bien assez difficile. Je me traînais sans impatience particulière, mais comme quelqu'un qui se souvient à peine d'où il vient et où diable il va. Sans parler de la douleur, mais à quoi bon insister là-dessus. Tout dépend en fait du débit sanguin que permet le degré de rétrécissement coronarien.

Divers traitements existent pour l'accroître, divers médicaments. L'un d'eux, la *streptokinase*, s'administre par perfusion. Même si ces braves médecins savent d'avance que, parfois, l'organisme réagit à leur tentative de sauver une vie par un choc anaphylactique. Ce fut mon cas. La tension artérielle s'effondre d'un coup.

Suite à la baisse de tension, le sang cesse de circuler dans les coronaires.

Sans plus aucun apport d'oxygène, le myocarde frémit à une fréquence élevée, faute de battre il ne charrie plus le sang et entre alors en *fibrillation ventriculaire*. En butte à tant de confusion, le *nœud sinusal*, qui détermine le rythme cardiaque particulier de chacun, interrompt sa cadence, provisoirement du moins, le cœur cesse de pomper. On en perd la conscience commune, même si je ne dirais pas comme les médecins qu'on perd connaissance. J'étais plus lucide que jamais.

Quelque chose de très intéressant commence alors, quelque chose de fantastique se produit, au fond c'est de cela seul qu'il faudrait parler.

Je ne sais quoi de très difficile à décrire s'ensuit alors, car dans l'état juste avant la mort, la mesure conventionnelle du temps s'abolit ou presque. Un connecteur central saute soudain, le disjoncteur lui-même. La vision, la perception et la pensée ne s'abolissent pas pour autant, loin de là. Mais ce que ces fonctions simultanées donnent dès lors à percevoir ne s'articule plus selon l'ordre chronologique conventionnel de la conscience.

L'intemporalité règne dans l'univers. On pourrait la nommer expérience du cosmos.

La conscience l'adopte si volontiers qu'on la dirait fruit d'un savoir préalable, d'une expérience ancienne. À la lumière de ce savoir nouveau, on distingue d'infimes unités de temps, des phases dont la conscience gardait les marques anciennes, l'ordre chronologique, et qui persistent, malgré leur dérive dans le vide de l'intemporalité. Telle l'ombre portée des planètes, ton vécu dérive avec toi.

Le noir complet ne se fait pas. La ténèbre uniforme semble luire d'un crépuscule étrange, pour ainsi dire abstrait. Il n'y a plus d'objets ni de contours, pour la contemplation la pensée est objet.

L'absence de lumière procure un sentiment plutôt familier, lorsque, en se fiant au pragmatisme de nos pensées, on se laisse dériver librement. Du moins, moi, je ne me sentais pas pris au dépourvu.

En conscience, on ne saurait parler ici d'espace.

La vie derrière moi m'apparaissait dans un cadre qui s'inscrivait à sa propre distance temporelle, à même le vide insondable de l'intemporalité. Où je me retrouvais enfin chez moi. Tout ce que j'avais perçu et ressenti jusque-là restait certes présent, avec tous ses parfums et ses saveurs, même si je ne sentais plus rien. Le toucher, l'odorat et le goût, le grand théâtre de la sensualité avait baissé le rideau. Mais avec en moi des sensations d'autant plus débordantes. Je voyais. Je me souvenais.

Privée de perception physique, la conscience prend pour ultime objet le mécanisme même de la pensée.

On aurait dit que, mû par le mécanisme de ma propre pensée, mon regard, balayant toute une vie, s'ouvrait sur le néant, mais sans prendre acte tout à fait du sentiment de vide.

Ma vision ne connaissait plus nulle borne temporelle ou spatiale. Les détails de ma propre existence ne se reliaient plus à l'histoire même de ma vie. Une histoire qui n'existait d'ailleurs pas, ni n'avait jamais existé. Ce qui me surprenait infiniment.

Voilà pourquoi j'ai désespérément cherché la place des détails dans le tout de l'histoire, me dis-je. Ceux-ci ne sont reliés ni à l'espace ni au temps, où je pensais trouver leur point d'ancrage. De fait, comme la vie de l'individu ne commence pas avec la naissance ni ne s'achève avec la mort, il ne peut en résulter un tout constitué de parties. Voilà que j'abandonne le théâtre des détails, et son imbroglio. Ma conscience, dont l'acuité me permet d'embrasser et d'apprécier tous les événements qui adviennent en divers temps et en divers lieux, s'abouche alors avec l'infini. Ce dont je ne pris acte, là encore, qu'avec l'effet de surprise dû à l'évidence même. Pris acte de ce que je savais de longue date. Au seuil de la mort, l'existence physique m'apparaît dans la structure même de ses tenants et de ses aboutissants, me dis-je, car la perception a franchi les limites temporelles et nulle spatialité ne l'enchaîne plus. Comme si j'avais soudain compris ce que voulait dire Rilke, avec les anges qu'on a, muets, dans le dos. Car voici qu'avec bonheur, à en rester sans voix, je revenais au cœur de la perception sensorielle pure et simple, neutre en son regard.

Ça ne me quitte pas.

Je me surprenais à voir, à réfléchir, mais sans plus prendre acte de rien selon les facultés bornées des fonctions corporelles.

L'ultime pensée embrasse du regard la structure même de ma conscience.

Mon intellect appréciait, réactif au possible, ce qu'il aurait théoriquement dû interpréter comme un triste déclin, car rien ne permettait plus aucun rapprochement avec l'expérience d'autres personnes présentes. Nul objet en ce bas monde, je n'en cherchais même pas, n'aurait pu rendre sensible le ravissement sans borne que j'avais toujours désiré, jusqu'à la démesure, dans l'existence corporelle partagée avec autrui. Sans jamais l'atteindre. Il me semblait fort drôle et symptomatique de ne pouvoir partager avec personne cette toute dernière expérience. Ma vie ne se composait plus que de quelques instants heureux où j'avais pressenti pourquoi l'approcher de plus près pourrait en valoir la peine.

Fort de cette reconnaissance, je me sentais ravi dans son sillage.

Voilà, ça vient.

Le moi devient, pensais-je encore, ce qu'il a jadis été sans le corps et ce qu'il sera désormais, à jamais sans corps. Non sans savoir que « voilà » et « ça vient » voulaient dire que je mourais, je voyais les vivants tenter, professionnels, passionnels, de me maintenir parmi eux au nom de leur communauté malheureuse.

Pour mieux saisir certains détails cruciaux, un retour s’impose dans l’ordre du récit.

Un retour au point où, par l'entrée de derrière, longeant une rangée de poubelles puantes, on me brancarda au fil des sombres couloirs du centre hospitalier, le tuyau de perfusion planté dans une veine.

Les secouristes hurlaient en vain dans les couloirs sonores, le personnel hospitalier ne se montrait pas. Quelqu'un fut tout de même placé à la tête du brancard, avec mission de tenir bien haut la poche à perfusion. Des gens devaient se trouver là, aspirant et soufflant la fumée de mauvais mégots ; des vieillards, hommes et femmes, me dévisageaient. Je voyais dans leur regard qui s'allumait, à l'affût, parmi ces traits de faciès torturés, que je ne vivais probablement presque plus.

Qu'est-ce qu'il peut bien avoir, brailla quelqu'un, comme à l'adresse d'un malentendant.

Quelle question, faut être aveugle pour pas voir qu'il a l'infractus, répondit le dur de la feuille.

À croire que ça ne vous connaît pas, clama-t-il encore au-dessus de ma tête, avec humeur, à m'en casser les oreilles.

Chantez toujours, rien ne dit que vous y couperez encore longtemps. Non mais quelle honte de me parler sur ce ton.

Puis, sans un mot, les deux compères m'ont contourné en traînant la patte, pour reprendre bientôt, sur d'autres sujets, leur dialogue de sourds à tue-tête.

Peu après vint à moi, grande, forte, court-vêtue dans sa blouse blanche, une fausse blonde en train de croquer un gros cornichon. Son rouge à lèvres en bavait, sous sa blondeur ternie pointaient de sombres racines, et les ongles de ses mains puissantes, vernis en rouge, présentaient des cassures. Tandis que dans une pièce au loin les secouristes jasaient et riaient à voix haute, la grande femme au cornichon s'empara du brancard à contrecœur et le roula jusqu'au centre d'une salle immense.

Faites donc attention à cette poche, s'écriait-elle chaque fois qu'on percutait un mur, un chambranle.

Vous pouvez aller vous remettre au lit, Monsieur Pödrös, cria-t-elle une fois le but atteint, au beau milieu de la salle.

Elle prit la poche des mains du vieillard et, d'un geste brusque, la suspendit au pied à perfusion.

Merci bien, c'est très gentil à vous, il s'en est tiré comme un chef, le papy.

Sur le brancard, elle jeta alors mon veston, dont le vieil homme avait aussi dû se charger jusqu'ici.

Non mais visez-moi ce pyjama, il s'est encore pissé dessus. Décidément, même si votre fille en ramenait dix par jour, aucun ne réchapperait de vos pipis à la culotte.

Ils me quittèrent en riant.

Derrière des rideaux verts négligemment tirés, dans un concert de gémissements, de sifflements légers, de râles et de geignements avec hauts et bas, des gens attendaient le décret du sort.

Immenses et poussiéreuses, les fenêtres étaient closes. La vue donnait sur une chaufferie et de la vapeur jaillissait en sifflant d'un long tuyau de fer qui se perdait au loin.

Je vis deux lits vides dans la lumière morte des néons.

D'air, il n'y en avait pas.

Au claquement de ses savates éculées et crasseuses, la grande femme revint, indolente, et, sans mot dire, se saisit de mon veston pour repartir avec.

Je n'étais pas à même de faire part de mon avis, de mes émotions, mais je comprenais où j'avais atterri. De vieux appareils crépitaient et sifflaient derrière les rideaux verts où l'on remplissait des dossiers, où l'on distribuait les médicaments, l'encre et le papier.

La grande femme repassa, indolente, au claquement de ses savates, et le veston en main disparut bientôt dans le labyrinthe des rideaux verts où elle se répandit en invectives, comme quoi, dans tout le service, elle ne trouvait nulle part un putain de cintre. Elle égrenait les jurons comme si personne ne l'entendait. Saloperie de merde, fait chier. Alors que, de toute évidence, elle s'adressait à moi, pour me mettre dans le bain, et me laisser entendre qu'elle serait bien disposée à mon égard, même si j'allais avoir ici la vie dure. Souvent, les gens grossiers expriment ainsi leurs affinités. Elle claqua des portes de casiers métalliques, puis le bruit des savates reprit, et le silence se fit. Je fermai même les yeux, histoire d'être encore moins présent.

Je ne sais qui me pénétrait de son regard merveilleux.

Une figure humaine se tenait au pied du lit. Un petit homme, gracile comme un adolescent. Sous une blouse ouverte, il portait une chemise et un pantalon blancs, presque sans corps dessous. Avec des mains frêles, des jambes grêles, peut-être un léger renflement au ventre. Plein d'attention fiévreuse, il tendait le cou, son crâne chauve luisait à la lumière des néons. Mon regard ne l'indisposait pas, car de ses yeux savants, grands ouverts comme ceux d'un enfant, il m'observait telle une apparition, un objet d'étude. Ému et transporté, il partageait son attention bestiale entre ses observations et son intuition, autrement dit sa première impression. Il joignait les mains sur ses lèvres, par anxiété, comme sur le point de prier. Il y avait dans sa physionomie quelque chose d'un ascétisme profond, non pas seulement dans son attention, mais aussi dans l'effroi presque irrépressible que lui inspirait la création, et dans ses os d'oiseau, son fin nez aquilin, ses longs doigts fluets. Mais je le craignis d'emblée. Et de fait, il s'agissait d'un de ces souffre-douleurs aux abois que son entourage envoie paître plusieurs fois par jour.

À l'instant où la grande infirmière, au claquement de ses savates, reparut, indolente, car elle avait enfin trouvé un cintre pour mon veston, le médecin s'effaça, apeuré, sur son passage.

Ne vous en faites pas, je vais mettre vos affaires en lieu sûr, dit la femme, comme pour me garantir qu'elle au moins ne me volerait rien. Un veston si cher, dit-elle épatée, curieuse, ça serait dommage de le suspendre juste comme ça à la patère. Elle dit qu'on allait me déshabiller sans même que je m'en aperçoive. Elle rit de ce qu'on serait pour moi aux petits soins, puis de but en blanc, de plus en plus impatientée, elle hurla plusieurs fois de suite un nom de femme en direction du couloir, mais personne ne vint. Elle dit que, pour dévêtir les perfusés, plus adroit y avait pas, puis demanda en quoi donc était fait mon veston. J'aurais pu lui répondre, mais les simples mots de soie et de cachemire me parurent exorbitants. Je prétendis plutôt n'en rien savoir. Une infirmière vint tout de même à passer et se saisit, au-dessus de ma tête, de la poche à perfusion. Très adroitement en effet, elles la firent glisser par ma manche de chemise, non sans insulter en chœur la collègue que la grande femme venait de héler en vain. Sauf mon slip noir de taille très réduite, absolument inconvenant en pareille circonstance, je ne portais plus rien. Pas même ma montre, qu'elles m'avaient ôtée du poignet. Allez, raidissez-vous, s'écria la grande femme, et presque à mon insu, elles me soulevèrent et me déposèrent sur le lit d'hôpital.

Je gisais là, inerte. Dehors, la vapeur sifflait. On avait pris toutes mes affaires. Goutte à goutte, sans un bruit, la perfusion s'insinuait en moi.

Il devait être autour de vingt et une heures trente.

Dans le vacarme de l'enfer, faites que je puisse parler. Polymnie, mère de tous les récits, sois-moi favorable, aide-moi à franchir le Styx avec des mots de tous les jours.

Comme à un signal donné, plusieurs personnes firent soudain irruption, surgissant du couloir, de derrière les rideaux verts. L'une d'elles entra même par une porte latérale qui m'avait échappé jusque-là. On me mit littéralement en perce pour recueillir mon sang dans des éprouvettes étiquetées. Sur ma poitrine, à mes poignets, on ajusta les fils et les sangsues des électrodes de l'ECG. La poche à perfusion fit place à un flacon. On me garrotta le bras. Le médecin fasciné par mon existence physique revint avec son regard brillant d'attention, suivi à distance respectueuse par un jeune homme aux cheveux noir de jais. Alors que celui-ci se penchait vers moi, la frange de ses cheveux gras s'abattit d'un coup sur son front couvert de poils noirs. Épais, huileux, un duvet luisait sur son menton et ses maxillaires proéminents, et des points noirs lui criblaient la peau du nez, y obstruaient le cratère de ses larges pores. Quand l'un des deux prenait mon pouls, ils permutaient pour que l'autre le puisse à son tour. S'il fallait tirer la langue à l'un, il fallait le refaire à l'autre. Comme de deux pierres un coup, pour enfoncer les portes ouvertes. Pendant les courtes pauses qu'ils m'accordaient, la grande femme, debout au pied du lit, me demandait toujours quelque chose. Elle notait mes réponses sur un formulaire posé à même le rebord de la fenêtre. D'un ton irrité, elle enjoignait parfois aux deux infirmières de faire ou ne pas faire ainsi telle ou telle chose. Plus vertement encore, elle tança le médecin chauve. Non mais tout de même, vous pourriez attendre que le patient finisse sa phrase.

Elle me demanda qui prévenir en cas de besoin.

Quand je n'eus plus à retenir ma respiration, je répondis ma femme.

J'étais prié de donner son numéro.

Bien entendu, ne pas le donner me parut plus sûr. Je me serais fatigué en vain à leur dire de ne pas l'appeler en pleine nuit. Avec la correction des épreuves, c'était devenu l'essentiel. Comment faire pour la préserver. Au fond, je ne le pouvais pas. Au moins, sauver sa nuit. Deux cent vingt kilomètres nous séparent et, si on l'appelle maintenant, elle ne pourra qu'attendre jusqu'au petit matin, réduite à l'impuissance, le terrible départ du premier train.

Je dis prenez plutôt l'agenda dans la poche intérieure de mon veston, appelez plutôt tel ami.

Priez-le d'aller dans mon appartement dont il a la clé et de corriger les épreuves en se fiant au manuscrit, pour demain matin. Surtout lui dire de se fier au manuscrit. La grande femme manifesta une certaine surprise, mais à vrai dire cette requête hors norme lui plaisait. Le médecin alors disparut à pas de loup, aussitôt suivi de l'externe, puis les infirmières s'esquivèrent à leur tour, car quelqu'un suffoquait derrière les rideaux, le souffle de plus en plus rauque. Un vacarme effroyable, des éclats de voix retentirent autour des râles. Quelque chose tomba, dont la structure métallique se fracassa par terre, sur quoi plusieurs personnes déboulèrent de derrière les rideaux verts, bientôt de retour au pas de course. Pour aller plus vite, l'une d'elles effectua même une glissade sur le carrelage de la salle d'hôpital, une seringue à la main.

Soudain, silence complet.

Toujours suivi de l'externe, le médecin revint peu après, brandissant une seringue pleine d'un air satisfait, victorieux. Séance tenante, il planta l'aiguille dans le caoutchouc de la tubulure de perfusion.

Plein d'égards, il y injecta tout le contenu jusqu'à la dernière goutte, puis lui et son acolyte en épièrent l'effet sur mon visage. La grande femme, juste alors, fit son retour en fanfare, comme quoi personne ne décrochait.

De quoi perdre patience, à la fin.

Ayant entendu gémir le moribond, les acolytes disparurent derechef derrière les rideaux verts.

Elle réessaiera plus tard, mais, maintenant, pas à tortiller, faut en finir avec ce questionnaire. D'ailleurs il ne fallait pas que je m'en fasse, le problème, ce n'était pas mon ami.

Et qui donc, alors, demandai-je.

Elle me répondit vertement de dire plutôt si j'allais tous les jours à la selle.

Oui.

Dieu me préserve, enchaîna-t-elle, mais assez fort pour que sa voix porte de l'autre côté des rideaux, Dieu me préserve d'être encore de service avec ces fous à lier. Elle m'en demanda la consistance, la couleur.

Avant même la fin de l'interrogatoire, le médecin suivi de l'externe revint, une nouvelle seringue pleine à la main.

La grande infirmière en profita pour s'éclipser, non sans se retourner pour me dire, rassurante, de ne pas m'en faire car elle allait de ce pas rappeler mon ami.

On se sent finalement reconnaissant de ce que des inconnus veuillent bien nous aider. Avec quels égards ne m'injecte-t-on pas dans le corps un je-ne-sais-quoi qui lui fera, sans nul doute, le plus grand bien.

Les deux blouses blanches se dressaient là, au pied du lit, sans mot dire, regard braqué sur mon visage.

Une secousse se produit. Telle est la toute première sensation. Comme si l'on enclenchait quelque part un aérateur, un aspirateur d'une puissance phénoménale. Mais que, suite à une fausse manœuvre, au lieu d'aspirer, ça se mettait à souffler. En dehors de moi, il y a autre chose encore dont l'incroyable force se fait sentir au-dedans même du corps. La quille, avec son lest, s'en trouvait ébranlée.

Je vis encore la grande femme revenir en contournant l'externe et le médecin, pleine de mépris. Pour moi ça y est, je suis parti.

Votre ami doit être un fameux coureur, dit-elle en haussant les épaules. Non sans en fait apprécier, tout inconnu lui soit-il, mon volage ami.

Ces femmes-là peuvent se montrer brusques, voire brutales. Elles laissent apparaître les racines de leurs cheveux teints, ne corrigent pas leur rouge à lèvres et se moquent de savoir si le vernis rouge sang de leurs ongles s'écaille, mais elles vous lisent à livre ouvert. Elle voulait poursuivre l'interrogatoire jusqu'à avoir rempli son formulaire.

Je pus encore me soutirer un sourire de reconnaissance.

Vraiment, la mort m'emporte, quittons notre vie.

On n'est pas seul en soi. J'entre dans l'attraction d'autrui, mon âme m'emporte avec elle.

Il faut entendre par là une chose non pas aérienne, mais au contraire puissante, essentielle.

Bon, je vais quand même vous donner le numéro de ma femme, dis-je encore très distinctement.

Tout en se saisissant du carnet et du crayon, prête à prendre note, la grande femme fixa sur moi un œil ébahi. On aurait dit qu'avec un peu de frayeur, un rien de mépris, elle se demandait quelle mouche venait de me piquer, quelles surprises je lui réservais encore. J'aurais dû répondre maintenant je meurs, ce dont je ne pouvais l'épargner, elle non plus. Eh bien voilà, j'y vais, pensai-je pour de bon.

Je n'aurais pas voulu les affoler avec des expressions outrancières, et le temps manquait pour les explications.

J'ai l'impression, dis-je prudemment, que je vais m'évanouir.

Choisir et agencer ces mots, ce pour quoi j'avais d'indéniables raisons professionnelles, me coûta tant d'énergie et de temps, ou alors la quille oscilla si fort, ébranlant toute chose, que le numéro de téléphone me resta dans la gorge. De quoi me rendre incroyablement ridicule à l'instant de mourir. Tel le vieil avare de la fable, écoute mon cher fils, lui chuchote-t-il dans un dernier râle, voulant encore lui révéler son grand secret.

Juste à trois pas du grand poirier sauvage est enterré le coffre avec tout l'or du butin.

Il y tient tant, mais ne tient plus. Je me sentais heureux de ce qu'ainsi le sublime se montre aussi banal que dans la fable. Je m'en allai avec cette pensée béatifiante en tête, non sans entrevoir encore l'infirmière jeter le crayon, le carnet et se précipiter hors champ. Bouche bée, yeux écarquillés, les deux blouses blanches se ruent sur moi.

La force immense me fit passer le cap, d'où je regardai en arrière, et la vision, pour le moins, me fascina.

Je sentais une joie élémentaire m'envahir à l'idée que j'avais réussi, réussi jusqu'à mon dernier souffle à leur mentir avec tact.

J'ai encore pu voir l'externe rattraper au vol le pied à perfusion, car le médecin, en se jetant sur ma cage thoracique, l'avait fait basculer. À m'en arracher l'aiguille du bras.

Voyons plutôt où l’on se trouve en fait.

Tu prends part à une expérience de plénitude à quoi rien ne se compare en ce monde de misère, hormis peut-être l'extase amoureuse ou religieuse. Et, vraisemblablement, l'accouchement chez les femmes. Les plus audacieuses relatent qu'en accouchant douleur et joie se conjuguent pour donner une aventure érotique d'envergure cosmique. Je me sentais entraîné, non par l'attraction d'une quelconque chose, non par une promesse, mais par la perception même de la force créatrice. En toi, la plénitude s'accomplit. Elle m'emportait. Pas en dehors de ma conscience, comme l'évanouissement, mais en son sein même. Une force phénoménale m'emportait, qui opérait tout à la fois dedans et dehors, distinction dont ma conscience n'avait donc plus à se soucier. On était au-delà de tout ce qu'il y a de personnel, de passionnel.

On vous déshabille, on gît là sur le drap, en sorte que, à tout moment, n'importe quelle partie du corps soit prête à tout type d'intervention, pour qu'on ait la vie sauve. Malgré la douleur, la suffocation, la peur de mourir, le pouls à deux cents, la perception physique laissait poindre une lueur de satisfaction narcissique, exhibitionniste.

Je ne dois pas présenter si mal que ça.

Même sur son lit de mort, l'homme se conforme au schéma de base sadomasochiste de la vie. Complaisant, il se livre à lui-même, son dernier souffle lui sert encore de vengeance.

Mais il ne peut prononcer le numéro de téléphone. Le film saute. Je ne vois pas le lit, je ne vois pas la grande infirmière. On a tourné le commutateur central. L'autre film se poursuit. Flottement dans le vide. Impossible de rien en dire, sinon qu'il y a là quelque chose de la joie des grandes découvertes spirituelles ou des grandes unions amoureuses. J'avais beau l'avoir su autrefois, je n'imaginais pas ainsi le temps de ma vie. Mais oui. La force opère en dehors et au-dedans de moi, elle m'emporte et m'aspire en elle, comme je ne suis plus un corps désormais, plus rien ne me relie à la compréhension intellectuelle ni sensorielle des choses. Quelque chose comme ça. Je sais que je vais maintenant mourir. Ce qui ne me comble pas de joie, pas même de douleur. Ni d'aucun sentiment jusque-là connu. Mais je n'oublie pas pour autant. S'il faut en dire davantage, ajoutons surtout que l'humaine temporalité en vient à s'ouvrir, mais dans les deux sens à la fois, futur et passé. Le présent de la mort ne connaît plus nulle borne dans l'espace ou le temps. Je sais ce qui va se passer, ce qui se passe, je puis le voir si je veux, et je sais bien ce qui s'est passé.

Comme pour ma perception de l'espace, j'éprouve la plénitude de ma mémoire. Toutes deux s'entrelacent. C'est, spirituellement parlant, le plus somptueux des états d'euphorie, d'androgynie. Dieu reste hélas introuvable dans la plénitude du temps, je dois reconnaître qu'il n'existe pas, que j'y avais cru en vain. Étais-je ridicule, si plein et si pétri d'humaine crédulité. Lamentable erreur. En revanche, la force surpasse tout ce qu'on imagine. Pour se la figurer, mon corps, jusqu'ici, devait avoir été trop puissant. Pourtant la mémoire de l'esprit m'avait mis en garde contre les images qu'on se forge des dieux. La force créatrice me reprend en son sein. Tandis que la temporalité opère encore dans ma conscience, je me retourne pour l'observer et m'envisager en train d'en quitter les strates, les événements isolés. Dans l'intemporalité, pas de place pour l'oubli. Faute de mieux, on a coutume de dire qu'on voit alors défiler à rebours les événements de sa vie. À parler franchement, rien ne défile du tout. Mais on y voit enfin clair, car dans l'intemporalité, pas de place non plus pour la mémoire. Sa vie durant, on ne comprenait pas, car jamais encore on n'avait vu l'âme et le corps s'unir en un tout.

À travers le corps, l'âme restait intacte.

Cela signifie qu'avec la mort elle se dépouille de ce qui, sans doute, ne lui avait jamais appartenu : la pensée conceptuelle liée au langage. Son principal lien à autrui. S'affranchir tout d'abord des sempiternelles sensations physiques, puis de la pensée dont on fait si grand cas. Retour à un état primitif où la pensée conceptuelle n'existe pas, puisque aucune différence ne distingue plus la perception de la sensation. La pensée se détache, toute corrélation cesse entre les contenus émotionnels et sensoriels, cognitifs et mentaux de la conscience, le tronc cérébral génère alors un effet visuel qui donne à comprendre comment ces contenus de conscience, indépendamment de la banale histoire de ma propre personnalité, se relient au foyer de la force créatrice, à cette structure certes universelle, mais que la perception, à elle seule, ne saurait même entrevoir. Il n'y a hélas aucun verbe hongrois susceptible de caractériser ce déclic décisif.

Il s'agit d'un seul et bref mouvement de passage. On passe un cap et, de ce fait, on se retrouve ailleurs. L'allemand dispose pour cela d'un verbe descriptif. *Umkippen.* En français, on songe de même à *basculer.*

Basculer hors des ténèbres crépusculaires du vide où tout se trouve réuni, force et sécurité. En traverser l'espace.

S'extraire de ce cosmos de force et de sécurité, passer le cap, se dépouiller de l'état primordial, le seul possible.

Je bascule, je me retrouve dedans, où donc, dans quoi donc, aucune idée, mais j'y bascule en plein cœur. La force me pousse hors des ténèbres crépusculaires du vide, j'en traverse l'espace, où il y a un lointain, où il n'y a pas d'air, où il y a une limite, mais où il n'y a aucun concept pour aucune de ces choses.

En même temps, une éblouissante lumière surgit dans le champ de la conscience.

Une lumière dont l'état primitif, en tout cas, ignore tout. Comprenons par là que l'univers reste familier quant aux sensations, mais semble étranger quant aux concepts. La force imprime une direction à mon mouvement. La force me pousse hors du cosmos familier de l'infini. L'orientation, la poussée, le mouvement, le changement d'espace, tout advient pour la première fois, je vois pour la première fois que le mouvement suit une direction donnée. Bien des choses conservent toutefois leur nom. Pas toutes. Plein de l'expérience d'une vie riche en réflexions conceptuelles, je me retourne pour voir ce que l'on ne peut pas penser faute de concepts, car cela m'arrive pour la première fois. Loin d'interpréter, par le biais de mes concepts, ce que j'ai vu pour la première fois, je laisse opérer mon expérience de l'abstraction. Ce dont on pourrait dire, avec les mots d'ici-bas, que j'en éprouvais un étonnement cosmique. Car il faut croire alors qu'au-delà même du niveau de la pensée conceptuelle opère une pensée abstraite.

On ne peut disjoindre l’en tout premier de l’en tout dernier.

« Elles accouchent à cheval sur une tombe. »

En me plaçant au niveau de l'abstraction pour regarder en arrière, j'appris, avec l'indicible joie de partager ce savoir profond, que Samuel Beckett disait vrai. Ma mère a donné naissance au corps, et moi, je donne naissance à ma mort.

Jamais encore je n'ai vu de lumière, j'en ignore jusqu'au nom.

Bien que Dieu ne se trouve pas davantage dans cet univers lumineux, la lumière en demeure la plus fidèle métaphore. En quête d'une interprétation, je mettais à profit l'étrange quoique maigre avantage de n'avoir pas seulement été écrivain dans ma vie précédente, et donc soucieux de la valeur, de la teneur des mots, mais aussi photographe, attentif, en cela, à la nature de la lumière.

Provenant d'une source lointaine, la lumière est diffuse. La force m'entraîne vers elle et, pour la conscience rétrospective, la vitesse d'approche trahit l'intention. La force va m'unir à elle. Ma mort sera ma naissance. L'approche vers la lumière, sans en changer la qualité, la rend plus appréciable. Une source de lumière en fait très intense qu'on aurait masquée avec un verre dépoli, telle semblait la lumière, indirecte ou, comme on dit, voilée.

Elle se brisait sur le pourtour crépu d'une ouverture ovale.

Comme on regarderait le monde extérieur du fond d'une grotte, par temps couvert. Il reste encore beaucoup de chemin à faire, on ne peut dire combien. Chemin qu'on ne connaît pas, car on ne l'a jamais pris.

On ne connaît pas non plus cette personne qui devrait faire, évaluer toute chose à tout instant.

En fait, on ne saurait pas ce que signifie le chemin si la force ne vous emportait, irrésistible, vers la source de lumière.

Par là, on prend connaissance de son moi inconscient, la constance de la lumière en désigne la position.

Voici donc le chemin de la naissance, se dit-on, quoi de plus captivant, se rassure-t-on, satisfait. Je porte un regard hors du temps de ma mort, tellement ma naissance me captive, pour voir un peu ce qu'on fabrique dans le monde que je quitte. Et je vois une main appliquer quelque chose sur ma poitrine ou l'en ôter. Et je vois des mains s'acharner sur des fils, tout un imbroglio. Mais au regard de la source de lumière, ma position connaît un grand changement. Comme si, non contente de me faire avancer, littéralement glisser vers la source de lumière, la force phénoménale m'en détournait en douceur. Comme si une rangée régulière de plis ou de nervures délimitait l'espace. L'entrée ovale de la grotte disparaît. Deux autres mains s'appesantissent sur ma poitrine. Je n'en ressens pas la pression, mais je saisis en toute clarté que mes côtes, à l'instant, se cassent. Je vois l'ombre humaine s'arc-bouter sur moi, je la vois me comprimer la poitrine en cadence, à deux mains, de tout le poids de son corps. Je pense qu'il doit s'agir de l'externe. À la lumière glaciale des néons du plafond, je jette un regard hors de la mort.

Je me voyais le corps jusqu'au ventre.

Il y a cette toile où Mantegna représente en raccourci, depuis la plante des pieds, le corps dénudé du Christ mort. Sur mon corps qui gisait là, à même les immenses carreaux du carrelage, j'avais une vue en raccourci d'un effet tout aussi saisissant, presque parodique.

C'était étrange, car mon angle de vision semblait un peu plus plongeant que ce que ma position couchée à même le grand damier du carrelage aurait dû permettre. Voilà ce que ma conscience hésitante prenait encore la peine tatillonne d'évaluer, car le caractère inédit de cette expérience la poussait à rechercher les voies d'une explication et même à se demander dans quel coin de la mémoire la cataloguer, en tant que chose vécue. Comme si j'avais pris une photo beaucoup plus plongeante que l'axe de mon regard. Les notions nécessaires à l'élucidation du phénomène faisaient défaut à ma conscience. La capacité de vision ironique, malgré tout, persistait quelque peu. Comme persistait en moi l'œil du photographe. J'attachais une indulgente, une bienveillante attention aux mains qui s'acharnaient, aux touffes de poils sur les mains, à l'activité que déployait ma conscience, à mon inexplicable illusion d'optique. Mais cette vision plus plongeante que la vision réelle correspondait au monde au-delà des concepts.

Non sans une douce ironie, tu regardes en arrière. Rien ne presse, vraiment, car, à ce rythme et à ces niveaux, tu vas élucider la manière dont tu t'éloignes bel et bien de la vie.

Le regard rétrospectif embrasse toutes à la fois les perspectives multiples de la conscience.

Il t'est enfin donné de voir dans leur conjonction même les divers niveaux de conscience.

Les structures de l'état antérieur au langage ou de la pure perception se synchronisent alors avec les mots dont on désigne les processus corporels, quoique ces dénominations ne recouvrent ni toujours ni tout à fait leur contenu. Ce regard extérieur qui m'avait accompagné tout au long de la vie continuera de le faire. Faute de sensations physiques, je me survis ainsi, en tant qu'âme, à moi-même. Mais ma soi-disant conscience, qui ne m'avait pas moins hanté toute une vie durant, et qui tenait maintenant à ma disposition, au gré de la perception que lui procurait l'au-delà de la pensée conceptuelle, tout le riche arsenal bien indexé de ses concepts philosophiques, sociologiques, théologiques, psychologiques et anthropologiques, ma soi-disant conscience ne partageait avec l'âme que les expériences du monde extérieur. L'activité de la force créatrice, son ampleur cosmique lui restaient invisibles. Là où l'âme, elle, n'avait cessé de s'en souvenir. Tandis que le mécanisme mémoriel de l'existence physique, tout le temps de la vie, n'avait eu de cesse de la masquer. La création n'est pas symétrique. Et ma conscience s'ouvrait à toutes ces expériences nouvelles, bien assez vaste pour les contenir.

Mais la force, une fois encore, me bascula, me poussa de nouveau, me retourna en douceur et, me poussant toujours, me porta plus avant vers la lumière.

Or cette lumière, qui aurait pu m'aveugler, me volatiliser, je ne pouvais l'atteindre.

J'y insiste : venu des profondeurs, je n'allais pas droit vers la lumière, mais déviais chemin faisant.

Comme emporté au gré des spires d'une vis. Je crois avoir accompli en tout deux tours sur moi-même, mais pas d'un trait. Comme si mon angle de vision s'était modifié par deux fois. Je conserve certes une image du mouvement interrompu, mais sans qu'aucune sensation physique ne l'accompagne. Au regard de l'état précédent, de l'état primordial, une inquiétude, une tension indéterminable m'assaillait, même si je ne pouvais affirmer qu'il s'agissait bien là d'une sensation de mon propre corps. Je conserve l'image de la vision en contre-plongée qui se modifie par rapport à la source de lumière, qui bascule doucement et puis s'immobilise. Je vois l'entrée ovale de la grotte, son pourtour crépu. Puis je repars au gré des spires de la vis, la source de lumière s'abîme, de quoi conclure après coup que j'évolue de gauche à droite dans l'espace que ma conscience figure sous forme de grotte. Entre les deux mouvements bien distincts, entre les demi-tours et l'approche, il y eut une courte pause. Un temps d'arrêt. Puis la force à nouveau m'emporta, me bascula, me propulsa vers la lumière.

Sous les néons de la salle d'hôpital, deux figures humaines se penchaient sur moi. La troisième, la grande infirmière, restait en retrait, l'air méfiant, ayant à l'œil les faits et gestes des deux autres. Soudain, l'expression de leur visage plongé dans l'ombre bleuâtre passa de l'attention professionnelle au plus élémentaire, au plus irrépressible bonheur. Cou tendu dans la lumière oppressante, ils se mirent à rire.

Ce qui voulait dire que j'étais de retour.

Aussitôt, j'achevai donc la phrase en suspens. Je dis mon numéro de téléphone.

Ça ne rata pas, je savais ce que je faisais, la femme en poussa un cri de surprise.

Je pris même plaisir à mon effronterie.

Ils se réjouissaient à présent, vu mon degré de conscience, de n'avoir à déplorer aucune lésion cérébrale. À cette nouvelle salve de joie, il se fit clair en moi que bien du temps avait dû s'écouler.

Sous l'effet des électrochocs, mon corps tremblait, pris de saccades désordonnées. Sur ma poitrine, peau et poils fumaient littéralement. Le sceau de la réanimation avait grillé les chairs à vif. Mes dents s'entrechoquaient, mes jambes se convulsaient, mes bras se débattaient, malgré tous mes efforts je ne pouvais retenir mes membres. La très vive douleur qui irradiait des côtes cassées accompagnait chaque geste, chaque mot, chaque respiration, tout mon être physique.

Claquant des dents, je priai la grande infirmière, qui se penchait sur moi de tout son corps, de m'aider à stopper les tremblements.

Elle me dit de ne pas m'en faire. De ne me soucier de rien. Car à présent, ils allaient tout remettre en bon ordre.

Je crois bien, dis-je dans des claquements de dents, que mon slip est mouillé. Je ne sais pourquoi, dis-je.

À leur silence bouleversé, que soulignait encore l'odeur des chairs roussies, je compris que, sous l'effet des décharges électriques, ma vessie avait lâché.

Que je ne m'occupe de rien, de rien.

Ils affectaient un air calme, cachant leur bonheur personnel derrière un masque de dignité professionnelle. Ils retirèrent à la hâte les appareils de réanimation, mais en les gardant à portée de main. Tant s'en fallait que tout fût dit. Claquant des dents, je demandai au médecin ce qui s'était passé, et tandis que, à l'instant de toucher la brûlure, la douleur stoppa net l'avancée de mon index, je demandai s'ils avaient procédé à ma ressuscitation. Sur le point de sortir, il se retourna, frappé par le mot que j'avais employé. Ce degré de conscience lui semblait excessif. Il saisit à deux mains le montant du lit, comme pour le secouer à ma place. Ma conduite n'était pas celle d'un moribond. Piqué au vif, il me rétorqua que, oui, bien sûr, on m'avait réanimé. Je demandai combien de temps s'était écoulé. Je voulais savoir par moi-même si j'avais gardé la conscience claire. Il se mit à réfléchir, à tenter de se concentrer. Puis il répondit, trois minutes et demie.

Malgré son air convaincant, il n'aurait guère pu répondre autre chose. Toutefois, pendant qu'il conformait sa réponse aux règles de sa profession, j'avais vu dans ses yeux qu'en fait il ne pouvait pas ou ne voulait pas me le dire. Peut-être deux minutes à peine, mais tout aussi bien plus de six. Plusieurs millions d'années s'étaient en tout cas écoulés au cours de ces trois minutes et demie là. La création s'opère quand naissance et mort se rejoignent.

Je ne compris que bien plus tard, une fois de retour à la maison, ce qui s'était passé.

Je ne sais quelles fines nervures familières tapissent cette grotte. Comme on se creuse en vain la tête, je ne pouvais retrouver les souvenirs que j'en avais pourtant, ni même dire ce que je cherchais. Mais je ne pouvais non plus oublier ces fines nervures familières, à la lueur d'un crépuscule diaphane. Comme si la force m'avait entraîné le long d'un conduit bordé de fines nervures. Il suffisait d'y songer pour qu'elle m'emporte à nouveau. Intemporel, infini, le vide que délimitent les nervures conduit vers la lumière. Peut-être serait-il plus juste de parler de plis, de fines fronces. Je n'avançais pas en ligne droite, mais venu d'un peu en contrebas, comme si la force m'avait saisi par la tête, je la sentais me faire tourner sur moi-même et m'entraîner dans ma montée, ma douce ascension. Elle me retourna par deux fois, pour être exact.

Sans en éprouver une sensation physique propre, il me semblait voir la sensation même. D'où mon vif désir de retourner dans l'état où la sensation corporelle peut se faire abstraction. La force qui me faisait tourner sur moi-même, qui me basculait dans l'espace dont la surface était nervurée, légèrement nervurée, la force m'emportait vers l'entrée ou vers la sortie. Qui sait.

L'entrée était ovale, une forme ovale verticale. Un ovale doucement effilé, très incurvé à droite. Je dirais que le côté droit accusait une courbe bien plus marquée qu'à gauche. Une ouverture asymétrique. Avec le côté gauche plus manifestement ovale. Pendant que la force m'emportait vers elle, une quantité prodigieuse d'autres choses se jouaient dans ma conscience ouverte et prête, semblait-il, à s'ouvrir davantage encore. Si je franchis cette frontière entre ténèbre et lumière, alors, je le sais, on n'en revient pas. S'agissait-il là de ma naissance ou de ma mort, je n'aurais su trancher. Un peu de chemin restait encore à faire, je ne pouvais en venir à bout.

Le lendemain midi, on me transféra en cardiologie. Je m'efforçais de satisfaire mon monde en toute chose, mais je n'étais pas là.

Lorsque, après quelques jours et une intervention chirurgicale mineure, on me renvoya chez moi, je tentai de réintégrer le milieu que l'on nomme, en butte à tant de doutes profonds, la vie d'ici-bas. J'ai essayé de retrouver le chemin des activités les plus simples, de réapprendre tout ce que j'avais su de cette vallée de larmes. Je passais l'aspirateur. La poussière, le tapis, les tentures, je tentais de prendre au sérieux la réalité de leur existence. C'était assez curieux.

L'être humain, dès lors qu'on le ramène avec violence, n'a plus envie de rien. Ni des objets, ni des autres, ni de son savoir, ni de l'histoire de sa vie, de rien. Il a des émotions, s'il se blesse le doigt, il a mal, mais rien de tout cela ne le regarde.

Sauf peut-être la texture, la couleur du ciel. Les contours d'une plante, le souvenir de l'ancien parfum de Magda dans le sillage de l'actuel, le vol d'un oiseau, plutôt les choses impalpables, et sinon rien, rien.

Il sait comment s'y prendre pour se faire accepter des autres, mais doit se faire violence pour recréer chacun de ses liens. Et ne pas voir la place des choses dans la structure d'ensemble, mais la chose en elle-même, selon la réalité que les autres lui prêtent. Il sent sous son doigt les rainures grossières du tuyau d'aspirateur.

C'est pourtant clair.

Une fois encore, il avait suffi d'y songer pour me sentir aussitôt emporté. Sorti de l'utérus de ma mère, je basculai dans le canal de naissance, ce qui mit fin à l'état primordial où j'étais revenu à l'instant de mourir.

Comme s'il avait fallu s'aider d'une comparaison tangible pour reconnaître le théâtre réel des événements.

L'ouverture ovale était la fente vulvaire de ma mère, que l'on écartait, que je connaissais depuis la perspective du canal de naissance, les grandes lèvres de ma mère morte depuis des décennies, tandis qu'on les écartait, alors qu'elles se distendaient d'elles-mêmes à mon approche pour venir au monde.

Du verre dépoli filtre ainsi la lumière aux fenêtres des maternités.

Longtemps, je n'osai pas bouger de l'appartement, car il m'était difficile de prendre au sérieux l'existence réelle des choses, maintenant que je me figurais en connaître la nature. Je priai ma femme d'acheter une dizaine de cintres, les meilleurs, les plus beaux, les plus chers, et de les porter à l'hôpital, à l'intention de la grande femme. Au moins, qu'elle n'ait plus de cintres à chercher.

COMPOSITION ET MISE EN PAGES
NORD COMPO À VILLENEUVE-D'ASCQ
CET OUVRAGE A ÉTÉ ACHEVÉ D'IMPRIMER
SUR ROTO-PAGE
PAR L'IMPRIMERIE FLOCH À MAYENNE
EN OCTOBRE 2023

N° d'impression : 103330
Dépôt légal : octobre 2023
Imprimé en France